蠹园集

◎丁中唐 著

陕西新华出版传媒集团

太白文艺出版社·西安

图书在版编目（CIP）数据

黉园集 / 丁中唐著. -- 西安：太白文艺出版社，
2021.4（2022.1重印）
ISBN 978-7-5513-1968-3

Ⅰ.①黉… Ⅱ.①丁… Ⅲ.①诗集－中国－当代
Ⅳ.①I227

中国版本图书馆CIP数据核字(2021)第059969号

黉园集
HONG YUAN JI

作　　者	丁中唐	
责任编辑	蔡晶晶	
封面设计	建明文化	
版式设计	建明文化	
出版发行	陕西新华出版传媒集团	
	太白文艺出版社	
经　　销	新华书店	
印　　刷	涿州军迪印刷有限公司	
开　　本	787mm×1092mm　1/16	
字　　数	78千字	
印　　张	12	
版　　次	2021年4月第1版	
印　　次	2022年1月第2次印刷	
书　　号	ISBN 978-7-5513-1968-3	
定　　价	55.00元	

联系电话：029-81206800
出版社地址：西安市曲江新区登高路1388号（邮编：710061）
营销中心电话：029-87277748　029-87217872

读诗断想

——丁中唐近体诗选读后

商子秦

2020 年是一个特殊的年份。新冠疫情肆虐全世界，严重影响了我们每一个人的生活。已经退休的我，因为少了聚会、旅游等各种活动，只能蜗居于家中，于是便多了许多看书的时间。丁中唐的这部近体诗集，就是在春夏之交时读完的，那时抗击疫情形势已渐好转，楼下绿荫愈来愈浓，眼前的诗集诗味浓郁，读得很是惬意。每每看到有所感悟时，便随手记了下来，就有了这篇文章最初的文字。后来因为种种原因延误，直到最近才整理完成了这篇"读诗断想"。

一

这部诗集首先引起我注意的，是它的编排。

近年来，我看到大量今人出版的近体诗集，大都是按照诗歌所写的内容分为若干专辑编排顺序，也有依照诗歌写作的时间顺序来编排的。而按照五言、七言绝句，五言、七言律诗的顺序来编排作品的诗集，还是极少见到。作者这样的编排，正是体现出对诗集"近体诗"艺术特色的强调和彰显。

众所周知，近体诗是中国古典诗歌中的一种诗体，是唐代形成的律诗和绝句的通称，句数、字数和平仄、押韵等都有严格规定。如绝句每首四句，五言的简称五绝，七言的简称七绝。而律诗一般每首八句，五言的简称五律，七言的简称七律，超过八句的则称为长律或排律。

　　这部诗集按照五言、七言绝句，五言、七言律诗的顺序来编排，最直接地告诉读者，这些诗属于近体诗范畴，也是诗人用自己的创作实践，对中国古典诗歌中近体诗的传承。无疑，由于近体诗要求高、规则严，自然写作难度大。这样的编排更包含着作者对自身创作水准、品位和实力的一种自信。

　　其实，这样的编排也是有其由来的。20 世纪 50 年代，古典文学出版社曾经出版了一批古代诗人的诗集，都是按照这样的方法编排。我手中就有一本 1957 年的《元白诗选》，其编排分为"古诗、乐府、近体"三大部分。而近体诗部分的排列，也是从五言到七言。

　　丁中唐这部诗集的编排，其实也是一种学问，更有利于读者在对同一艺术形式的诗歌（如五律、七律）进行阅读时，集中了解其艺术特色和创作规律，同时也能够在比较之中发现其中的优者。我为此点赞。

二

　　在阅读这部诗集的五律和七律部分时，许多精彩的对仗诗句，常常让我眼前一亮。

　　例如："孤影深廊灯影暗，他乡月色故乡明。"（《止园夕吟》），其上下联中"影"和"乡"字的两次使用，就很有意趣。

　　还有"平凡世界风霜苦，坎坷人生肝胆真"（《悼路遥》），联中嵌入了路遥的代表作，又紧扣路遥生平。

再如："半百浮尘川上水，一腔心事画中楼。"（《夏晚遣怀》），"根扎九尺黄土地，头顶千寻碧海空。""素芳不忌梅兰色，丹果常夺桃李颜。"（《咏庭院枣树二首》），都写得情景交融，很有韵致。

还有"凿壁不觉寒夜冷，弹铗难遇破囊羞。登高怕咏铜台赋，把酒常怀燕子楼"（《自遣》），对仗工整且用典贴切，显现学识，增添了诗的内涵。

再看《丙申除夕有作》中的两联："今夜红尘一岁减，明朝白发几丝增？位卑犹念民生事，驱老更牵儿女情。"前一联对仗精巧，后一联更是诗人家国情怀的真情独白。

鉴于篇幅，我就不再一一列举了。

我一向认为，写格律诗实实在在是一个技术活。对仗则是这技术活的核心所在。律诗一共八句，分为首联、颔联、颈联和尾联。中间这两联必须对仗。写好这两联，一半诗就出来了。

其实就是绝句，也可以写得工整对仗，大家熟知的"两个黄鹂鸣翠柳，一行白鹭上青天。窗含西岭千秋雪，门泊东吴万里船"（杜甫《绝句》）就是一例。

"云对雨，雪对风，晚照对晴空。来鸿对去燕，宿鸟对鸣虫。三尺剑，六钧弓，岭北对江东。人间清暑殿，天上广寒宫。两岸晓烟杨柳绿，一园春雨杏花红……"

四十年前，我在四川成都拜访流沙河老师时，流沙河老师就说，他在孩提时就熟读《声律启蒙》，正是这种从幼童时开始的训练，形成了他以后对声调、音律、格律等严格把控的基本功。

可以看出，丁中唐对于对仗的技巧掌控熟练。他的许多对仗诗句都非常精彩，显示出诗歌语言的魅力，成为他诗作的一大亮点。

三

在阅读这部诗集时，我常常被其中一些诗作感动。例如《大学同学二十年别后母校小聚》：

"杯光交汇喜重逢，别后经年情倍浓。三载春秋昔照里，二十尘土鬓白中。人生半百凉和暖，世事一壶浊与清。把酒促膝怜日晚，回眸已是泪蒙眬。"

短短八句诗，写出老同学们重逢时的真情，既有对昔日校园春秋的回顾，也有对人到中年的感慨，特别是"人情半百凉和暖，世事一壶浊与清"，包含人生百味。我这些年也经常参加一些老友聚会，真是对诗中所写感同身受。

再如《庚子清明祭父二首》：

"曙色春山寂，蒿莱掩土坟。湿巾双眼泪，奠酒一壶心。人去音容杳，情同岁月深。苍苍松柏翠，托与伴长魂。"

"何处魂踪觅？蓬山九万重。此生为父子，来世各西东。亲孝三时少，哀思一冢浓。今朝春尚好，无雨亦清明。"

这首悼亡诗同样拨动了我的心弦，让我也想起了自己逝去已久的父亲。特别是"此生为父子，来世各西东"，更让人感觉世事无常，人生无奈。

丁中唐的诗中，蕴含着浓浓的真情。而能够打动读者的，恰恰就是这种真情。过去人们常说"诗言志"，其实，诗更言情。丁中唐非常善于用诗歌表达自己丰富的感情世界。无论是喜怒哀乐、悲欢离合，

文物活起来"，近体诗的写作就必须强调时代性。不但题材和内容要具有时代性，在诗的意境和语言等方面，都要有新的面貌。在这方面，诗作中有很多让人眼前一亮的诗句，如"爷孙挥汗击球羽，姑嫂舒腰展靓容"（《北广场晨色》)、"齐垄秧苗凭吐翠，温棚瓜果任尝鲜"（《周末闲情》）等。这些诗句中融入了现代的词句，有了明显区别于古人的新鲜感。这样的诗句，使今人的近体诗不再仅仅是"像古诗一样"，而成为真正属于今天的近体诗。我们的前辈如诗人聂绀弩，在这方面成就卓著，不同凡响。我希望丁中唐在这一方面再做努力，争取有更多佳作和佳句。

这部诗稿中还有大量的行旅诗、怀古诗、咏物诗等，写得也很有特点，鉴于篇幅我就不再一一叙说了。

六

综前所述，我以为，这部诗稿不仅仅是丁中唐诗歌创作的可喜成果，也是我省近年来近体诗写作的一大收获。诗人严谨执着的创作态度，对近体诗形式的恪守传承、真情实感的投入，弘扬正能量和主旋律的自觉以及长期坚持的创作实践，都特别值得肯定。相信这部诗集出版后，会受到广大读者的喜爱和欢迎。

丁中唐是神木人，我曾多次到过神木，参观过石峁遗址，逛过高家堡，登过二郎山，游过红碱淖，喝过麟州酒，吃过铁锅羊肉。特别是 21 世纪之初，陕西省在神木举办的全省农民运动会，我曾担任开幕式演出的总撰稿，为神木写下过许多文字。之后还为陕西北元化工集团和红碱淖写过歌词。在自己的艺术生涯中，还结识了神木籍的国画

教师职业中的责任和承担。在上山下乡时，我也短暂担任过一阵山村小学教师，有过在一个课堂上给两个不同年级学生讲课的经历，所以我对丁中唐的这些诗歌易于产生共鸣。在这里也向丁中唐为教育事业所做出的贡献，表示深深的敬意。

五

除了丁中唐的"教育诗"，在这部诗稿中，我还读到了有关今年抗击疫情的诗歌作品。

众所周知，庚子年春节前夕开始的全国抗击新冠病毒疫情，是一定会记入史册的重大事件。丁中唐在他的《庚子春随笔十三首》的七绝诗中，别开生面地讲述了一个抗击疫情背景下的"春天故事"。

一开始是疫情初起时"清光冷照月东天，夜静南窗人不眠。荆楚今春遭肺疫，同心九域克时艰"；进而是困居家中的无奈心情，"人困蜗居因疫魔，纹枰淡酒日蹉跎"，然而大自然的春天还是降临人间，"纵是瘟霾犹未散，春风枝上柳芽黄"；进而是"喳喳鸟语笑瘟魔，病例连闻零报多。窗外春风千万缕，吹开心底百层波"。伴随着抗击疫情形势的全面好转，丁中唐也细腻而又生动地咏诵着眼前的无限春光。

"潇潇夜雨净毒瘟，霁色郊村风物新"；"春潮似海葬妖霾，墟里樱花近水开"。诗作有象征性，写得也很美，富于诗意。

在《登高感新冠疫情》中，丁中唐则是直接地抒发了其时"心系神州、情牵荆楚"忧国忧民的情怀。

我感到这些诗中，有着鲜明的时代性。近体诗这一诗歌形式历史悠久，够得上是一件珍贵的"文物"了。用现在流行的话说，要想"让

中唐的诗作中占有很重的分量。

"逝水浮光不待年，佳期又至问君安。一腔热血燃烛炬，万缕银丝化茧蚕。名利无心星月老，经纶有腹李桃妍。树人传道千秋计，劳碌今生亦坦然"（《教师节致职教同仁》）表达教育工作者的赤诚情怀。

表现同样情怀的还有："四千学子齐呼喊，三载寒窗同奋发。立业成才师长愿，汗泽桃李遍天涯。"（《校园晨吟》）

"三尺讲台凭冷暖，一身正气任逍遥。为人师表今生事，笑捋白霜染鬓毛。"（《奖励大会感怀》）

因为诗人从事的是"职教"，所以他的诗作中，更有对"职教"事业的特殊体验和感情。

"暑往寒来岁月稠，献身职教志无休。国家示范担大任，华夏楷模领雁头。学好终圆骄子梦，技精敢遂状元求。能源热土天人利，硕果秋来万石收。"

"德智理实同重要，升学就业共需求。"

"沥血呕心二秩艰，倾情职教聚英贤。成才自始德为重，就业从来技作先。"

"两个百年华夏梦，育才十万献麟州。"

"民生国计千秋任，旗展神州百县前。"

以上职教内容都摘自《咏神木职教三首》，尽管只是三首七律，但诗人把职教的重要意义和在神木职教所取得的成就，还有自己对从事职教事业的自豪感，抒发得淋漓尽致、诗意浓郁。如果没有真切体验，还真是无法写成这样的诗作。

红烛风骨，春蚕精神，教师职业是一个特别需要付出的职业。我的许多家庭成员，都曾长期从事教师职业。从家人的身上，我看到了

还是淡淡的忧伤和无奈，都写得真挚感人。试看：

"万里长城万里春，东风送我一登临。雄才绘就中兴计，不负江山不负民。"（《登八达岭长城三首》之一）表现的是豪情。

"偷闲一日野足迟，碧水微岚荡柳丝。久挑鱼钩无所获，聊得垄上觅新诗。"（《周日农家乐》）表达的是闲情。

"深深小巷旧时情，三载恒持凿壁功。常记夜学归去晚，寒窗陋室点油灯。"（《小巷忆学》）流溢出的是怀旧之情。

"月满今宵又一秋，青丝渐作二毛稠。由来多少轻狂事，委作堂前盐米油。"（《自嘲》）展示出的是无奈之情。

这些诗情都是真情，真情实感，真情走心，真情动人。

正因如此，这些诗虽然家常如白话，但呈现出的感染力，足以让那些生硬的标语口号诗、刻意的应景诗、浅薄的口水诗等，一并黯然失色。

四

这部诗集中的一部分诗歌，特别为我所关注，那就是丁中唐关于教育题材的诗歌。

丁中唐是一位教育系统的辛勤"园丁"，从事教育工作近三十年。因为有着教育工作的亲身体验和实践，进而从中获得灵感，升华为诗。这些"教育诗篇"不仅符合"从生活到艺术"的创作规律，更是融入丁中唐的心血，浓缩着丁中唐的人生。其中或抒发"园丁"情怀，或寄语青年学子，或写意校园景观，或讴歌职教事业等，生活气息浓郁，感情真切，诗句灵动，情景交融。尽管这些诗数量不算太多，但在丁

家王宽，诗人塞北、梦野、马慧聪等新朋老友。而通过这部诗集，我又一次认识了一位神木的诗人，加深了对诗意神木、诗意陕北的认识。实在是一件幸事。

一篇《读诗断想》，断断续续写了半年，到这里就此打住。需要说明的是，我的这些看法和感觉仅仅是一孔之见，供丁中唐参考，也希望得到行家里手教正。期待丁中唐有更多、更好的诗作问世。

2020 年 12 月 28 日

商子秦，中国作家协会会员，陕西省诗词学会常务副会长，西安市文联原副巡视员，西安市作家协会副主席，作家，诗人，文化学者。

目　录

第一辑　五言绝句

登高二首 / 003

滨堤夏晚 / 005

惜　春 / 005

清明祭父 / 007

己亥中秋夜待月 / 007

己亥秋吟二首（平水韵）/ 008

题　画 / 009

己亥重阳寄友（平水韵）/ 009

70周年国庆感思 / 010

第二辑　七言绝句

天台山怀刘志丹三首 / 013

观壶口瀑布 / 014

无　题 / 015

015 / 春日赏游

016 / 咏枣树二绝

017 / 观毛主席东渡黄河纪念碑

017 / 端午吟怀

018 / 西堤晨笔三章

019 / 无　题

020 / 上班途中口占

020 / 谷雨小吟（平水韵）

021 / 咏柳五章

023 / 杏花滩草笔

024 / 早春二首

025 / 滨堤怀友

025 / 初夏野足（平水韵）

027 / 乡村夜趣

027 / 文笔塔匆笔

028 / 大明湖秋吟

028 / 农　趣

029 / 雨中吟

029 / 登九龙山四首

032 / 东堤晨吟

033 / 游红碱淖二首

034 / 学生早操口占

035 / 止园夕吟

035 / 乡下问春

登杨城 / 037

题　图 / 037

秋晚野足 / 039

哀　雪 / 039

秋吟五首 / 040

晚登香炉峰和诗友 / 042

致新生军训（七古）/ 043

小巷忆学 / 043

看　雨 / 044

闻学生全国技能大赛得奖 / 044

夏日喜花 / 045

家居闲吟四首 / 045

闲　趣 / 047

初夏喜雨 / 048

游园拾笔 / 048

自　嘲 / 049

闻四川雅安地震 / 049

周日农家乐 / 050

校园晨吟 / 050

过农家（平水韵）/ 051

春日思雨 / 051

家居闲情 / 052

杏园夏晚 / 052

北归匆笔 / 053

053 / 题瑶镇水库照

054 / 雨后晨色

054 / 夏初闲趣

055 / 朝雨东堤

055 / 过西汉高速秦岭段（七古）

056 / 端午夕吟

056 / 滨堤偶感

057 / 滨堤夕吟二首

058 / 安康瀛湖游

058 / 叹　秋

059 / 丙申中秋夜遣怀

059 / 登高望晚

061 / 校园秋吟三首

063 / 吟老树

064 / 高速自驾过陕西靖边天赐湾遇雨

064 / 读网闻有感

065 / 登西津寺二章

066 / 家居晚趣

066 / 2017 年的第一场雪

067 / 闻四川地震

067 / 丁酉年正月十三重游骊山

068 / 元夕感赋

068 / 春　雪

069 / 春　草

观学生晨读 / 069

滨堤黄昏 / 070

周末家居闲吟 / 070

晨练即兴 / 071

郊村闲笔 / 071

扬州随笔五章 / 072

晨练拾笔（平水韵）/ 074

泥河大桥黄昏涂笔 / 075

戊戌五月初四夜有作 / 075

戊戌端午夜吟怀 / 076

家居随吟 / 076

于琪儿上学租房处忆作（平水韵）/ 077

清明郊村闲吟（平水韵）/ 077

戊戌春分随笔 / 078

初春雨后野色 / 078

滨堤夜色 / 079

戊戌正月西安高新区游园二章 / 079

戊戌正月有感二绝 / 080

草堂寺小游（平水韵）/ 081

丁酉年生日夜望月 / 082

登八达岭长城三首 / 082

校园晨吟二首 / 084

惜桃花 / 085

黄昏滨堤拾笔 / 085

086 / 题　图

086 / 过陕西府谷华莲黄河大桥

087 / 回乡二首

088 / 题红碱淖昭君雕像三绝

089 / 滨堤偶成

091 / 家居闲吟四绝

093 / 吟庭中先父手植枣树

093 / 观校园月季花有感

094 / 喜春雪

094 / 己亥七夕随笔

095 / 秋日郊外

095 / 赏红叶

097 / 己亥九月初十夜感怀

097 / 回乡忆笔三首

099 / 秋日登高有作

099 / 滨堤晚游

101 / 夜　吟（平水韵）

101 / 庚子春随笔十三首

108 / 咏樱花二首

109 / 庚子春雨二首

110 / 庚子暮春成句

111 / 陕西丹凤棣花古镇留韵

112 / 写在从教近三十年之际

112 / 庚子立夏有作

初夏林园写真 / 113

初夏郊外 / 113

初夏滨堤口占 / 114

陕西府谷高寒岭留笔 / 114

校园晨色 / 115

观校园月季花有感 / 115

第三辑　五言律诗

杏园游吟 / 119

无　题 / 119

村野即景 / 120

滨堤夜吟 / 120

晚　游 / 121

登九龙山 / 121

题酸枣树图 / 122

红碱淖小吟 / 122

陕南杂吟 / 123

陕西府谷五虎山晚望 / 123

庚子清明祭父二律 / 124

第四辑　七言律诗

镇北台吟怀二首 / 127

东堤晨足 / 128

题语文教研组画册 / 128

129 / 滨堤闲咏

129 / 读　史

130 / 滨堤闲笔

130 / 过杨贵妃墓

131 / 杨城秋兴七首

134 / 别友人作

135 / 自　遣

137 / 止园夕吟

137 / 东堤抒怀

138 / 毛泽东 123 周年诞辰有作

138 / 生日戏吟

139 / 三周年祭父

139 / 登神木天台山

140 / 奖励大会感怀

140 / 教师节致职教同仁

141 / 故乡行吟

141 / 晨登东山感怀

142 / 乡村闲趣

142 / 滨堤漫兴

143 / 闻汶川地震二首

144 / 医院陪床杂思

144 / 清明节祭父

145 / 写给 2013 年陕西省中职校技能大赛神木赛点

145 / 大学同学二十年别后母校小聚

卧虎寨感怀二首 / 146

西安钟楼感赋 / 147

咏庭院枣树二首 / 148

感"神舟十号"飞船发射 / 149

校园晨吟 / 149

西津寺春望 / 150

杨城初春 / 150

沙湖记游 / 151

春日农家乐随笔 / 151

咏常家沟水库 / 152

悼路遥 / 152

海南走笔 / 153

青海湖印象 / 153

周末闲情 / 154

家居闲吟 / 154

咏神木职教三首 / 155

北广场晨色 / 156

夜色滨堤 / 157

丙申除夕有作 / 157

夏晚遣怀 / 158

滨河新区西堤吟怀 / 158

岁杪感怀 / 159

感 事 / 159

游内蒙古准格尔旗黄河大峡谷二首 / 160

161 / 己亥中秋节抒怀

161 / 2019 年终夜留笔

162 / 庚子正月初十登卧虎寨

162 / 登高感新冠肺炎疫情

163 / 庚子暮春滨堤有笔

165 / 在古意中漫游

第一辑　五言绝句

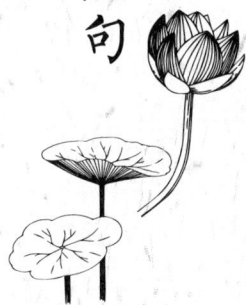

登高二首

一

登高望眼宽，曙色漫晴川。

街市车流涌，匆匆为哪般？

二

恰恰鸟声闻，春山草木欣。

登山须缓步，终作顶峰人。

習習風送爽
漠漠平湖上
郁郁柳絲垂
翩翩燕子飛

宏偉

滨堤夏晚

习习风送爽，郁郁柳丝垂。

漠漠平湖上，翩翩燕子飞。

惜　春

微风薄暮柔，山色爽如秋。

今又花飞尽，无端惹怅惘。

久坐遊瀛
上期期待月昇
今宵空待約月負作
吳鄉明

錄丁申唐己亥
中秋夜待月
高嶺

清明祭父

夜雨落潇潇，龙湾霁色高。
哀思托纸火，咫尺两相遥。

己亥中秋夜待月

久坐庭台上，期期待月升。
今宵空待月，负作异乡明。

已亥秋吟二首（平水韵①）

一

近晚西风急，林蹊乱紫黄。

寒巢归倦鸟，咽咽诉秋殇。

二

薄暮潇潇雨，朝来簌簌风。

可怜堤上柳，一夕瘦颜容。

---

① 平水韵：依据唐人用韵情况，把汉字划分成106个韵部，是更早的206
韵的《广韵》的一种略本，每个韵部包含若干字。作律诗绝句用韵，
其韵脚的字必须出自同一韵部，不能出韵、错用。

题 画

梧桐寒露老，落叶漫阶黄。

本是天涯客，翩翩气自芳。

己亥重阳寄友（平水韵）

重九高风劲，登楼易感伤。

莫如同煮酒，坐赏菊花黄。

70 周年国庆感思

七秩峥嵘忆，神州共复兴。

初心恒守取，莫使醉升平。

第二辑 七言绝句

春江水暖

庚□不寶霞

012

天台山^①怀刘志丹三首

一

二水滔滔夹险关，奇峰崇峻入云端。
倭贼未灭身先死，秋雨无声哭志丹。

二

峥嵘遥忆战烽烟，捐命英年抗日顽。
呼遍青山无应语，一川秋水起波澜。

---

① 天台山：位于陕西省神木市南部黄河西岸，是秦晋两省的道教圣地，也
是著名旅游景点和爱国主义教育基地。1936 年 4 月，刘志丹在天台山
设立指挥所，挥师东渡黄河抗日，后在山西省中阳县三交镇与日寇的
战斗中壮烈牺牲。

三

一峰带水起寒烟，碑塔^①无声柱九天。

银汉^②迢迢云际去，忠魂不老共流年。

观壶口瀑布^③

声震云天百里听，千寻跃下化成虹。

粉身碎骨终无悔，一意奔流永向东。

---

① 碑塔：建于天台山顶的刘志丹纪念碑。

② 银汉：银河，这里借指黄河。

③ 壶口瀑布：东濒山西省临汾市吉县壶口镇，西临陕西省延安市宜川县壶口乡。黄河至此，两岸石壁峭立，河口收束狭如壶口，故名壶口瀑布，其奔腾汹涌的气势是中华民族精神的象征。

无　题

旷野高天人影瘦，枯蒿残雪雀声孤。

诗情慵懒随风散，吟遍黄昏半句无。

春日赏游

三月春风暖塞边，桃枝吐蕊柳垂帘。

一湖碧水轻舟荡，相乐妻儿似少年。

咏枣树二绝

一

疏枝瘦影少人夸，吹尽春风始吐芽。

不与百花争艳丽，酿成丹果献清嘉。

二

状作鹅黄不似花，淡香无意惹蝶蛱。

清芬难入豪门院，傲骨栽得百姓家。

观毛主席东渡黄河纪念碑 ①

晋府秦州一水横，重山叠翠五云升。

抚碑借问今朝事，犹有人间路不平。

端午吟怀

一从屈子化清波，天下方知有汨罗。

千古《离骚》今犹诵，人间依旧佞才多。

① 毛主席东渡黄河纪念碑：位于山西省临县碛口镇高家塔村黄河岸边。
1948 年 3 月 23 日，毛泽东、周恩来、任弼时等中央领导率领中央机关，
由陕西省吴堡县川口村乘船东渡黄河，离开陕北在此登岸。最后辗转
到达河北省平山县西柏坡村，并在那指挥了震惊中外的辽沈、淮海、
平津三大战役，召开了具有重大历史意义的七届二中全会，奠定了中
华人民共和国诞生的基石。

西堤晨笔三章

一

霖霖夜雨送清明，碧色连天上九重。

杨柳枝头春燕早，啾啾道尽故人情。

二

西堤漫漫柳风香，晓色熹微望眼长。

车马嘈嘈人语处，晴川阔岸起桥梁。

三

一夕春雨洗缁尘，十里垂柳别样新。

鸟语喳喳迎客早，出工更有早行人。

无 题

独步芳林向晚游，杂怀难遣半颇秋。

姮娥不解人间事，一任清辉似水流。

上班途中口占

晨风快意送车轮，杨柳千株夹道新。

隔岸鸡鸣催日上，炊烟袅袅起郊村。

谷雨小吟（平水韵）

晨风带露送轻寒，堤柳毿毿一色看。

布谷也知春不驻，可怜啼得落红残。

咏柳五章

一

塞上春光四月休，飞花逐水去难留。

蓬蓬唯看垂杨立，一领风骚直到秋。

二

郁郁西堤柳色纯，垂垂直似谢东君。

芳菲不肯争桃李，常向人间送绿荫。

三

云川一眺雾茫茫，木叶萧疏尽紫黄。

独有亭亭堤上柳，葱葱依旧夏时妆。

四

夭桃秾李枉争奇，贪尽春光落作泥。

唯有垂杨堪寂寞，千条一碧永依依。

五

一夜西风晓月残，疏枝铁干耐霜寒。

伶仃犹有高松骨，历尽荣枯又一年。

杏花滩草笔

一丝新柳垂湖面，撩破春波几缕愁。

不见江滩飞燕子，空余窟水向南流。

早春二首

一

碧水寒潭百尺深，杏园草木向阳新。
谁家燕子曾识我，杨柳梢头问早春。

二

日暖郊村争鸟鸣，柳芽欲上草芽青。
春风塞上归来晚，三月桃枝方吐红。

滨堤怀友

潋潋湖光曙色开，清风拂柳遣杂怀。
尘烟一列^①归西漠，可载伊人渭水来？

初夏野足（平水韵）

远野低云接翠微，晴川一碧草菲菲。
有心赴得桃花约，空见枝头燕子飞。

---

① 尘烟一列：火车。

乡村夜趣

霄碧千寻缀玉珠，山村寂寂月升初。

温情最是冬乡夜，淡酒浓茶小火炉。

文笔塔^①匆笔

笔立青天百丈台，蒙山晋水一川裁。

西风古渡残阳里，不见黄河滚滚来。

---

① 文笔塔：位于山西省河曲县城内，黄河从城西流过。

大明湖^①秋吟

秋尽泉城^②气色哀，南天渺渺雁行排。

千溪^③一汇汗洋碧，瘦柳残荷入暮来。

农　趣

夜雨长堤曙色晴，春畴酥软一川平。

久别稼穑忽来趣，试抢牛犁把地耕。

---

① 大明湖：位于济南大明湖公园内，由众多泉水汇流而成。

② 泉城：济南别称。

③ 千溪：指众多的泉水。济南城内百泉争涌，有名泉七十二之说。

雨中吟

草木欣欣碧一川，古城六月赛江南。

蒙蒙烟雨芊芊柳，挥尽丹青画不完。

登九龙山①四首

一

嵬嵬千丈仰东峰，平缓崎岖路不同。

已道香炉能望远，麟阁还上最高层。

---

① 九龙山：山名，位于陕西省神木市城东，亦称东山。

二

登山未必到巅峰，直上香炉凌半空。

俯目麟城楼万座，一街车辆似长龙。

三

苍松翠柏沐清风，黛瓦朱廊乱鸟鸣^①。

更喜登高老少早，一轮红日上东峰。

---

① 乱鸟鸣："鸟鸣乱"的倒装，意指各种鸟争先恐后地鸣叫。

四

磴路千阶陟九龙，驼峰^①遥对与天平。

临高自放胸襟远，拂意诸般一笑空。

东堤晨吟

一抹绯红日上初，柳堤遥望绿云浮。

林深草密寻莺语，才在枝头近却无。

---

① 驼峰：山名，又名二郎山、笔架山，位于陕西省神木市城西，与九龙山
　隔河而望。

游红碱淖^①二首

一

一曲胡笳^②朔漠哀，乡思如雨化蓬莱。

湖光云影遗鸥^③舞，碧水黄沙画里来。

---

① 红碱淖：位于陕西省神木市境内，是全国最大的沙漠淡水湖，国家
　AAAA级景区、陕西省十大自然风景名胜区。红碱淖还被称作"昭君泪"。
　传说王昭君（明妃）当年远嫁匈奴，走到尔林兔草原，即将告别中原之
　际，下马驻足回望，想到此去乡关万里，恐此生再也难以回还，顿时
　千般感慨汹涌心间。这一驻足，便流了七天七夜的眼泪，于是形成了
　六十多平方千米的红碱淖。

② 胡笳：北方少数民族的一种乐器，其声悲怨哀伤。

③ 遗鸥：鸥科鸥属濒危候鸟，栖息于海拔1200米—1500米的沙漠淡水湖
　和碱水湖中，繁殖期在5月初至7月初，杂食性，繁殖期以水生昆虫
　等动物性食物为主，10月南迁。

二

黄沙赤脚软如绵，碧水飞舟浪似烟。

故友远来同一聚，漫尝野味话当年。

学生早操口占

料峭春寒二月风，天高云邈日初升。

光阴最应惜年少，健体修德强技能。

止园①夕吟

藤廊寂寂喜蝉鸣，花草清香衔晚风。
园外不知园里客，乡思淡淡月溶溶。

乡下问春

野蒿寒雪半消融，二月山溪未解冰。
试把相思托信鸟，春风何日踏归程？

---

① 止园：位于西安市区，原名"紫园"，明朝时为九王府。1936 年，杨
虎城将军取《左传·宣公十二年》"止戈为武"一词，将其名改为"止
园"。西安事变时曾是杨虎城将军的临时指挥部，现办有止园饭店。

野岸寒
雲水消融
二月山溪
未凍冰
庚子夏
宏作

登杨城^①

夕照杨城春复秋，狼烟遥忆戍麟州。

而今只见残垣上，一片闲云向晚游。

题　图

身行平路羡登山，小路崎岖奋力攀。

莫道半坡红叶美，妖娆更在峭崖端。

---

① 杨城：也叫杨家城，是陕西省神木市的一处古代军事遗址，建于唐天宝
　年间（742 年—756 年），用于防御当时北族南犯。

十月杨城气色凉
孤祠庙貌望苍三寒
鸦飞解登阳意犹自为
声啼为阳

庚子夏月
高巍

秋晚野足

十月杨城气色凉，孤祠薄暮望苍苍。
寒鸦不解登临意，犹自声声啼落阳。

哀 雪

仙舞飘飘霄九来，冰心玉骨孕瑶台。
无端零落红尘路，踏作黄泥究可哀。

秋吟五首

一

褐骨疏枝簌簌风，蝉鸣朝露冷秋声。

莫怜枫叶缤纷落，胜作三春万朵红。

二

翩翩蝶舞落成金，度尽风霜色愈纯。

生自高枝还质朴，终归大地报来春。

三

遥望南天雁一行，秋风暮色冷单裳。

山塬远近皆黄紫，染尽芳菲韵自香。

四

旷野霜天暮色幽，橙黄半树冷枝留。

缘何不舍随风落，更续人间一段秋。

五

夜雨淅淅晓色寒，飞飞黄叶落阑珊。

秋颜渐若人颜老，损去光阴又一年。

晚登香炉峰① 和诗友

绝壁凿成鬼斧工，千年烟雨塑炉峰。

昔时边壤今煤海，万盏华灯不夜城。

---

① 香炉峰：陕西省神木市区东山一处石峰，因状如香炉而得名。

致新生军训（七古）

晨风猎猎赤旗扬，呐喊声声震操场。

健体强能惜少岁，行行皆有状元郎。

小巷忆学

深深小巷旧时情，三载恒持凿壁功。

常记夜学归去晚，寒窗陋室伴昏灯。

看 雨

铅云漫漫雨涟涟，十里东堤醉柳烟。

忽忆儿时归牧晚，浓荫古木自高眠。

闻学生全国技能大赛得奖

滨海扬波捷报传，技能大赛取荣冠。

勤学苦练终圆梦，桃李芬芳尽鲁班。

夏日喜花

四月山乡草木深，芳菲难觅怨东君。
农门忽见藏红紫，一朵还来满眼春。

家居闲吟四首

一

阶前久坐漫思量，月朗星稀夜未央。
簌簌风来翻旧梦，柳冠牛背下夕阳。

二

一树浓荫一盏茶，西墙藤绿映窗纱。

方畦喜种茄瓜豆，丰盛餐桌胜养花。

三

庭堂四合阻喧哗，斜月清风漫品茶。

燕语檐头说趣事，一墙藤绿过邻家。

四

藤床慵卧一杯茶，暮浅云轻淡月华。

倩影飞飞来复去，闲看紫燕筑新家。

闲　趣

燕舞瑶池映碧霞，春风梳柳欲抽芽。

闲来薄暮空垂钓，只待空钩钓月华。

初夏喜雨

梦残休恼鸟喳喳，朝雨空蒙柔似纱。

山隐薄岚极日望，一川烟柳正清嘉。

游园拾笔

郁郁千株郭外栽，清荫小坐静灵台。

莫怜憔悴花容老，早有新桃枝上排。

自　嘲

月满今宵又一秋，青丝渐作二毛稠。
由来多少轻狂事，委作堂前盐米油。

闻四川雅安地震

漫步西堤暮色微，悯心难掩寄夕晖。
青衣江①水悠悠去，不见伊人今夜归。

---

① 青衣江：流经四川雅安。

周日农家乐

偷闲一日野足迟，碧水微澜荡柳丝。
久挑鱼钩无所获，聊得垄上觅新诗。

校园晨吟

榆柳欣欣园一方，书声琅琅伴初阳。
春迟四月花颜素，欲采新枝不忍伤。

过农家（平水韵）

墙里藤萝墙外爬，鸡鸣牛背日西斜。

栅门久叩无人应，燕语催开老树花。

春日思雨

二月山城燕未回，沙尘漫漫九天飞。

可怜桃李容颜瘦，夜夜相思懒画眉。

家居闲情

周末随心午睡长，树头鸟语近纱窗。

移得藤椅荫前坐，茉莉一杯爽煞肠。

杏园夏晚

水色幽幽夜色围，柳风淡淡暗香随。

新朋旧友闲一坐，谈古论今久不归。

北归匆笔

铁甲飞驰向北方，汽笛惊梦月如霜。
莫言长夜人难寐，却是乡思比夜长。

题瑶镇水库照

薄暮泽国凉似秋，波光潋潋泛渔舟。
西霞似火平林染，无限丹青一画收。

雨后晨色

淫淫夜雨送秋寒，飒飒晨风凉半衫。

丝柳垂垂凝冷翠，鸟声恰恰和鸣蝉。

夏初闲趣

久居市井慕悠闲，半亩平畦学种田。

锄草栽秧多趣乐，浅溪落照洗尘烟。

朝雨东堤

朝雨丝丝扑面寒，东堤袅袅柳如烟。

车流匆促行人早，十里滨城别样天。

过西汉高速秦岭段（七古）

穿山越壑鬼神工，蜀道千年天路通。

邀来诗仙同为客，轻车半晌下汉中。

端午夕吟

疏星几点夜如禅①，汨水②遥思万里山。

国破何须身赴死③，扁舟一叶子陵滩④。

滨堤偶感

夜色滨堤十里明，雕梁画壁映华灯。

车如流水多豪驾，褴褛谁怜宿冷风。

---

① 禅，佛教用语，这里引申为"安静、恬淡"之意。
② 汨水，指汨罗江。
③ "国破"句，指屈原投汨罗江殉国一事。
④ 子陵滩，富春江的一段，是东汉古迹之一，因东汉高士严子陵拒绝光武帝刘秀之召，来此隐居垂钓而得名。

滨堤夕吟二首

一

夕照长堤煦煦风，清闲周末步从容。

古城燕子知来晚，争报清明第一声。

二

窟水粼粼落照圆，滨堤处处客来闲。

依栏送目龙桥外，一片飞鸦碧海天。

安康瀛湖①游

漠漠瀛湖一镜平，清泉渡口小舟横。
雨湿花树滴红紫，雾隐农家乱鸟鸣。

叹 秋

夜雨潇潇涨柳池，西堤晓色草参差。
缘何一派青青色，又作枯黄惹怅思。

---

① 瀛湖：湖名，为陕西省安康市的一处旅游景点。

丙申中秋夜遣怀

怅坐青阶夜色柔，聊将心事问庄周。

今宵月满人难寐，已是蹉跎白了头。

登高望晚

秋云漫宇鸟声哀，风扫落木乱入怀。

万户灯虹迷望眼，一川烟雨向夕来。

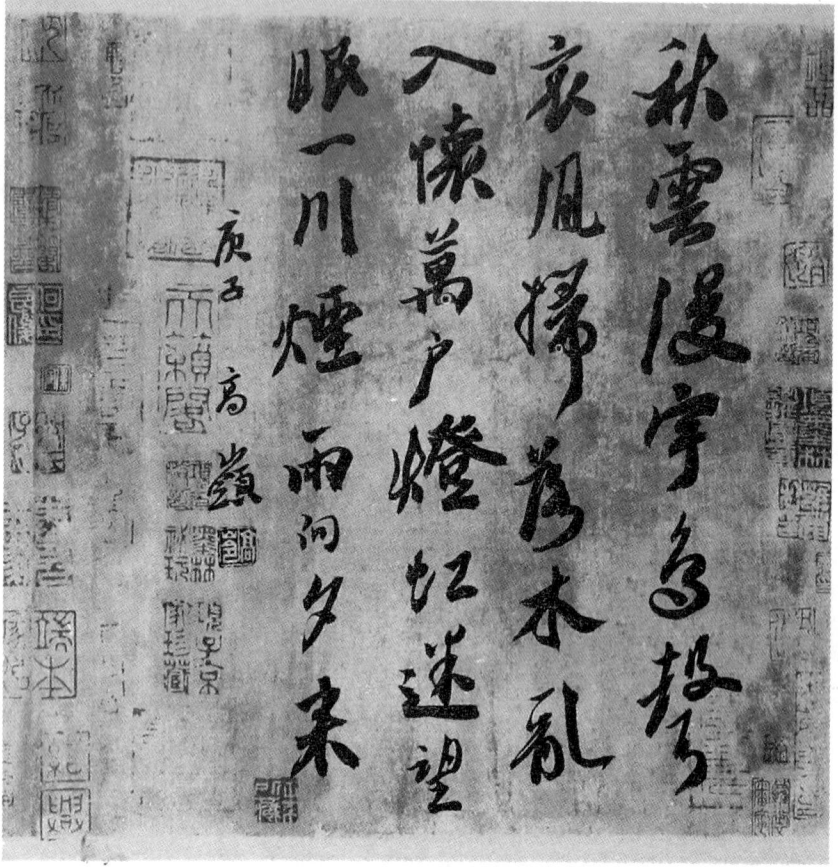

秋雲漠漠空多垒
哀風掃葉爲木亂
入懷萬戶燈虹迷望
眼一川煙雨向夕來

庚子 高嶺

校园秋吟三首

一

金风一夜染枝黄，朝雨初歇更送凉。

莫笑喳喳亭上鸟，误将秋色作春光。

二

晌色清疏阆苑幽，枫红憔悴苦淹留。

多情更有林中鸟，也作悲吟叹晚秋。

紫雲
庚子寶霞

三

步履趔趔踏晓霜，声声呐喊九天扬。
丛丛更喜菊花艳，不畏秋寒暗吐香。

吟老树

褐骨虬枝立道旁，荣枯冷暖历寻常。
春来休道新枝少，独有芳华腹里藏。

高速自驾过陕西靖边天赐湾遇雨

云迷视野雾遮山，前路迢迢行进难。

半日奔驰多困顿，故园遥望九重关。

读网闻有感

七情六欲泛红尘，逐利争名徒怨恩。

黄耳①凄凄哭主墓，世间忠义几多人？

———————

① 黄耳：狗，取自"黄耳传书"的典故。

登西津寺^① 二章

一

青阶直上五十层，表里山河一望雄。
天水蜿蜒云际去，秋风两岸稻粱丰。

二

暮鼓晨钟无处寻，松涛带我入禅门。
香炉仍在佛心在，难做当年跪拜人。

① 西津寺：佛教寺庙，位于陕西省神木市马镇一处石山上，下临黄河。

家居晚趣

蓬首宽衣任自闲，藤床斜卧月初圆。

隔帘嗔怪忽传耳，知是顽儿不早眠。

2017 年的第一场雪

玉骨冰肌穹宇来，缁尘荡尽醒灵台。

西堤遥看蓬蓬处，千树梨花一夜开。

闻四川地震

草木欣欣碧一庭，隔窗看雨落无声。

遥怜巴蜀多磨难，天祸才息地祸行。

丁酉年正月十三重游骊山

雨霁秦陵气色鲜，烽台遥望忆华年。

而今知命难临顶，老母殿前抽一签。

元夕感赋

轻歌曼舞看无眠，次第烟花绽九天。
今夜蟾宫春帐暖，人间犹有不团圆。

春　雪

玉作精神冰作容，九天摇落默无声。
消得身骨无踪迹，换取人间风气清。

春 草

边城三月燕巢空，料峭轻寒似九冬。

忽喜枯蒿墙角下，几丝新绿探春风。

观学生晨读

清风淡淡送花香，十里新区照晓阳。

五月校园人起早，绿茵场上背书忙。

滨堤黄昏

波光滟滟染夕红，花落人闲坐晚风。

车似游龙灯似昼，一横桥索跨西东。

周末家居闲吟

重枝翠叶自成荫，风摆珠帘燕语闻。

一盏清茶斜躺椅，好温午梦入黄昏。

晨练即兴

漠漠平湖燕子翔，柔风拂面柳丝长。

滨堤十里人来早，争趁晨光锻炼忙。

郊村闲笔

塞上东风二月迟，带郭花木孕春枝。

嫣红姹紫不足赏，最赏含苞欲放时。

扬州随笔五章

一

秦淮风物沐夕晖，千里平畴稻穗肥。

终是江南非故土，北归却遇雁南归。

二（平水韵）

邗江脉脉去天涯，黛瓦青砖夕照斜。

水殿龙舟萧女事，一朝帝业掩沉沙。

三

南窗独坐慢思量，灯火扬州夜未央。

攘往熙来皆过客，邗江唯见水汤汤。

四

灯虹明灭暗楼台，烟雨江都暮色哀。

一枕乡思潜入梦，高天落木塞边来。

五

八月扬州风物华，邗江烟水笼千家。
涛声隐隐传今古，多少风流化落霞。

晨练拾笔（平水韵）

一川青翠草萋萋，曙色宜人上柳堤。
谢尽芳菲吟不得，仰寻枝上杜鹃啼。

泥河大桥黄昏涂笔

无边暮色柳堤风，一架兰桥天堑通。

牛女可怜隔海望，人间夜夜诉衷情。

戊戌五月初四夜有作

独坐中庭月色凉，粽香淡淡祭国殇。

今夕四海怀屈子，一夜哀思涨汨江。

戊戌端午夜吟怀

星疏更漏冷薄裳，乱绪无由对九苍。

漫饮麟浆成一曲，且托明月寄潇湘。

家居随吟

瓜苗茁壮豆茎长，漫品清茗满齿香。

周末慵闲得自在，也学儿赖戏黄苍。

于琪儿上学租房处忆作（平水韵）

寒窗陋室乐为家，夜读昏灯冷月斜。

卅载光阴恍一梦，黉园今又柳飞花。

清明郊村闲吟（平水韵）

蒙蒙夜雨落天涯，晓色清疏冷杏花。

紫燕飞飞来去急，人家檐下筑她家。

戊戌春分随笔

春分春雨落悄然，烟里村郭雾里山。
柳色偷藏千点翠，桃红羞露半腮颜。

初春雨后野色

夜雨霖霖枕上听，晓寒瑟瑟送清明。
鸟声恰恰泉声和，草色离离柳色萌。

滨堤夜色

柳眼初开叶未成，华灯闪烁月朦胧。
兰椅人闲十四五，一湖春水半湖星。

戊戌正月西安高新区游园二章

一

孤蹊曙色意阑珊，绿浅红藏燕未还。
且喜竹君清瘦影，凛然一派立春寒。

二

小园半亩照晨霞，石径幽深草树杂。

燕啭林梢时远近，啾啾唤取杏花发。

戊戌正月有感二绝

一

两鬓秋霜半百身，烟花璀璨意纷纭。

今夕又是春风暖，何处人生再一春？

二

羞度蹉跎又一春，北窗斜卧入黄昏。

今宵月色无寻处，应是蟾宫云雨深。

草堂寺①小游（平水韵）

香烟缭绕似轻纱，鸟语微风玉管斜。

欲避纷繁何处去，终南山下隐禅家。

---

① 草堂寺位于陕西省西安市鄠邑区圭峰山北麓，始建于东晋，全国重点文
物保护单位，原为后秦皇帝姚兴在汉长安城西南所建的逍遥园。弘始
三年(401)，姚兴迎西域高僧鸠摩罗什居此，苫草为堂翻译佛经，草
堂寺由此得名。

丁酉年生日夜望月

寒碧苍苍挂九天，清光瘦影有谁怜？

今宵多少圆缺事，一梦悠悠到枕边。

登八达岭长城三首

一

万里长城万里春，东风送我此登临。

雄才绘就中兴计，不负江山不负民。

二

观日台头唱大风，山河一统叹升平。
覆亡自古朝纲乱，纵筑高墙不佑明。

三

峻岭崇山舞巨龙，千年风雨立长城。
同心奋进新时代，十亿神州共富平。

校园晨吟二首

一

夜雨沙沙春梦香，晨曦初露浅添凉。

书声切切林荫里，丝柳新抽一寸长。

二

一园朝气伴春光，夜洒甘霖木叶香。

鸟语啁啾枝上早，也陪学子背诗忙。

惜桃花

粉面娇颜欲占春，蜂飞蝶绕闹红尘。

可怜一夜风吹去，零落成泥惜煞人。

黄昏滨堤拾笔

风送花香一径浓，长堤碧柳弄轻盈。

偷闲薄暮何为乐？浅唱新诗向鸟听。

题 图

绿肥红瘦暮春时，夹岸依依垂柳丝。

郭外桥边花几树，风吹一夜满塘池。

过陕西府谷华莲黄河大桥

华灯初上夜初昏，铁驾驱驰走晋秦。

昔日黄流今碧水，滔滔一派下昆仑。

回乡二首

一

破窑破瓦破窗棂，杂草齐腰满院生。
却喜门前槐树老，犹闻缕缕花香浓。

二

少岁行踪何处寻？羊肠小路入云深。
村童不晓鬓白客，曾是当年偷杏人。

题红碱淖昭君雕像三绝

一

朔漠胡天泪掩尘，亲和匈汉卖君身。

幽思诉作琵琶怨，无限哀声弹到今。

二

芳姿绝代养荆门，青冢荒郊泣野魂。

一曲悲词千载怨，只缘君是女儿身。

三

平湖漠漠暮云深，倩影伶仃立晚春。
怀抱琵琶君欲语，哀伤谁解问来人。

滨堤偶成

香断汀州惜暮春，一堤肥柳伴黄昏。
来来往往消闲客，能解吟哦有几人？

家居闲吟四绝

一

暮色初沉院一方，闲来自在躺藤床。

苍毛最善知人意，顺眼低眉卧侧旁。

二

一畦茄豆半畦瓜，暮色青阶照月华。

淡酒微醺斜躺椅，聊听蝉唱向邻家。

三

月光如水夜生凉，花木萋萋暗送香。

周末闲暇得自在，宽衣蓬首卧南窗。

四

星疏云邈月溶溶，枣果琳琅挂晚风。

蝉语西墙听夜半，戚戚切切尽秋声。

吟庭中先父手植枣树

铁骨苍颜默默栽，花微如米浅黄开。

秋风枝上红珍果，粒粒颗颗寄缅怀。

观校园月季花有感

色匀浓淡傍篱栽，茎叶葳蕤待剪裁。

谁道黉园春事杳，清芬随意四时来。

喜春雪

梦深昨夜赴瑶台，偷落琼花遍野开。

莫怨东君归去晚，冻雷声里报春来。

已亥七夕随笔

花影疏疏月影凉，鹊桥隐隐渡牛郎。

今宵多少相思泪，流作星河一样长。

秋日郊外

九月秋光郭外浓，野足何必待东风。

漫山木叶黄红紫，一派萧萧向碧空。

赏红叶

麟州秋色野村浓，郁郁生成万树枫。

椽笔谁将山谷染？无边红叶映苍穹。

九月秋光郊外濃　野是何必

待東風　浸山木以葉黃紅紫一派蕭

蕭向碧空

錄丁申唐秋日郊外

歲次庚子夏月　高巍書

己亥九月初十夜感怀

夜静空庭月半轮，寒蝉喋语暗销魂。
今夕已过重阳日，明日黄花不待人。

回乡忆笔三首

一

石窑土炕乐为家，老树繁枝栖雀鸦。
常记儿时光景苦，糟糠野菜度年华。

二

暮烟袅袅落西霞，三月农人忙种瓜。
灰面尘衣归去晚，米汤苦菜解饥乏。

三

少年踪迹遍山崖，峭壁千寻采木瓜。
日暮炊烟溪水畔，流连忘返不思家。

秋日登高有作

杏叶斑斓簌簌风，残垣孤影两伶仃。

登临又近重阳日，别样牵思寄远朋。

滨堤晚游

和风拂面嗅槐香，窟野晴川耸二郎 ①。

莫立黄昏悲日晚，西霞如焰胜朝阳。

---

① 二郎：山名。

夜　吟（平水韵）

月隐星疏夜色寒，恍然岁杪意阑珊。

光阴染我颅如雪，镜里沧桑独自看。

庚子春随笔十三首

一

天开爽色地开阳，野垄新发泥土香。

纵是瘟霾犹未散，春风枝上柳芽黄。

二

清光冷照月东天，夜静南窗人不眠。
荆楚今春遭肺疫，同心九域克时艰。

三

人困蜗居因疫魔，纹枰淡酒日蹉跎。
出门方晓春风暖，陌上茸茸新绿多。

四

光阴煮酒漫消磨，为避瘟神斗室窝。

遥问堂前来去燕，江城①可是柳婆娑？

五

喳喳鸟语笑瘟魔，病例连闻零报多。

窗外春风千万缕，吹开心底百层波。

---

① 江城：武汉的别称。

六

和风煦煦柳沉沉，人面桃花映仲春。
今日花开须尽赏，莫挨花谢负良辰。

七

纤纤柳色弄轻荫，丽日波光万点金。
摇起扁舟成一爽，惠风送我到湖心。

八

曲蹊漫漫入林深，曙色无边万类新。
丝柳千条垂秀发，桃花一树待佳人。

九

一树桃花两岸春，烟霞万缕照黄昏。
花开今日直须赏，莫使芳枝空待人。

十

潇潇夜雨净毒瘟，霁色郊村风物新。

鸟语催开花万朵，柳丝垂下一帘荫。

十一

春潮似海荡妖霾，墟里樱花近水开。

燕语啾啾争问好，两三少女踏青来。

十二

陂堆翠色树鸣禽，风带清香传谷音。
烟水空蒙遥一望，飞流汇作满溪春。

十三

水木清华春满园，蹉跎莫自负韶年。
绿杨荫里人来早，书语听如鸟语甜。

咏樱花二首

一

一树樱花恬淡开，清纯似雪下瑶台。

高洁不屑蜂蝶赏，只待窈窕淑女来。

二

芳菲千簇向阳开，玉面清芬一色裁。

览尽夭夭桃李杏，此花独占九分白。

庚子春雨二首

一

春阴漠漠雨沉沉，半是欢欣半恼人。

零落桃花十数瓣，却添柳色翠三分。

二

燕雀枝头瑟瑟鸣，春寒凛凛冷如冬。

簧园昨夜风吹雨，散落桃花一地红。

庚子暮春成句

一

人闲幽径鸟栖荫，丽日方塘照影深。

又是一年春色老，杨花飞作雪纷纷。

二

四月边城暑气吹，郊南遥望绿成堆。

杨花不解行人意，枉作多情扑面飞。

陕西丹凤棣花古镇留韵

一

秦岭南来入楚涯，千年古镇复清嘉。

丹江淘尽兴亡事，风雨桥边看藕花。

二

宋金疆土一祠分，烽火当年乱楚秦。

古驿今朝风物好，樱桃红遍贾家村。

写在从教近三十年之际

卅载光阴秋复春，清寒无悔入黉门。

甘将烛泪滴宵半，燃尽微身长照人。

庚子立夏有作

鸡鸣村舍柳飞绵，隔岸人家浮野烟。

花事疏残农事紧，男锄垄上女插田。

初夏林园写真

碧翠生生浸眼帘，藤荫幽径叶田田。
鸟藏高树呢私语，人怕惊飞不忍前。

初夏郊外

玲珑燕影转亭台，草木千重郁郁栽。
春色已随人面老，杨花飞处菜花开。

初夏滨堤口占

无边花木扮新城，十里长堤护绿屏。

煦煦风和初夏晚，平桥七彩照霓虹。

陕西府谷高寒岭留笔

五月熏风荡府川，高寒岭上碧云闲。

千年古柏参天立，万顷坡梁看牡丹。

校园晨色

绿蔓藤廊一径深，朝曦万缕照黉门。

亭台池畔榆荫下，琅琅书声悦耳闻。

观校园月季花有感

色匀浓淡傍篱栽，茎叶葳蕤待剪裁。

谁道黉园春事杳，清芬随意四时来。

第三辑 五言律诗

杏园游吟

何处抛闲绪，南村步晚晴。

深林藏鸟语，幽径掩枫红。

人倚石桥畔，舟泊碧水中。

高台回望处，璀璨上华灯。

无 题

暮色近高楼，萧疏又晚秋。

驼峰^①空漠漠，窟水^②自悠悠。

雁过寻云影，愁来忆旧游。

无槎^③徒望月，霜鬓暗搔头。

---

① 驼峰：山名。

② 窟水：河名。

③ 槎：筏子，神话传说中一种类似船的可到达月亮的交通工具。

村野即景

细雨夜来风，融融晓色明。

依依垂翠柳，恰恰啭黄莺。

岫远云岚淡，川深草木丰。

静心宜一坐，何必太匆匆。

滨堤夜吟

滨堤闲步远，薄暮冷如秋。

弦月当空近，霓灯对岸稠。

只身形踽踽，窟水影幽幽。

无限阑珊意，春华已尽头。

晚　游

入暮轻车缓，川深探静幽。

畴平苗豆壮，林茂鸟声柔。

落日殷殷照，清溪潺潺流。

忽怜春正好，已是鬓如秋。

登九龙山

青山披霁色，白霭眺茫茫。

银宇连川起，朱檐断壁张。

风铃弹脆律，梵乐抚杂肠。

恋恋登临意，萋萋惜夏芳。

题酸枣树图

独立悬崖上，风姿仰九寻。

根坚如铁爪，刺韧似银针。

花素难争艳，香微亦报春。

萧萧秋暮了，丹果献清芬。

红碱淖小吟

夏至寻芳远，红湖向晚游。

乡思千载泪，碧水一汪秋。

飞艇白涛起，斜晖橙霭流。

苍苍沙渚上，翩翩舞遗鸥。

陕南杂吟

秋色胡天淡，南国①景物丰。

瀛湖浮晚照，汉水映霓虹。

冢土②说诸葛，青台③忆沛公。

烟云成败事，古栈鸟空鸣。

陕西府谷五虎山晚望

霁色松风劲，凭栏向晚秋。

南天失雁字，落日挂楼头。

重岭鱼书远，霜枝倦鸟愁。

悠悠骚客意，白浪一孤舟。

---

① 南国：这里借指陕南，非指江南。

② 冢土：这里指武侯墓。

③ 青台：指古汉台。

庚子清明祭父二律

一

曙色春山寂，蒿莱掩土坟。

湿巾双眼泪，奠酒一壶心。

人去音容杳，情同岁月深。

苍苍松柏翠，托与伴长魂。

二

何处魂踪觅？蓬山九万重。

此生为父子，来世各西东。

亲孝三时少，哀思一冢浓。

今朝春尚好，无雨亦清明。

第四辑 七言律诗

镇北台^①吟怀二首

一

驱车百里向雄关，漠上春光望眼宽。

烽火早随风散去，城头空见燕飞还。

千重苍翠植黄漠，一带清溪润柳园。

欲问当年征战苦，兴亡尽在庙堂间。

二

一从大漠起宏台，四世沧桑演盛衰。

秋色萧萧鸿已往，春风煦煦我独来。

拾阶绝顶呼云宇，送目重峦起感怀。

驻目青碑^②读旧事，金戈铁马掩尘埃。

---

① 镇北台：位于陕西省榆林市城北，是明代长城遗址中场面宏大、气势磅
礴的建筑物之一，素有中国长城"三大奇观之一"（东有山海关、中有
镇北台、西有嘉峪关）和"万里长城第一台"之称，距今 400 多年。
② 青碑：镇北台景区内有明代将领刘敏宽题诗的石碑。

东堤晨足

轻吟信步趁韶光，霏色熹微天气凉。

堤柳含烟凝碧翠，晓风带露湿衣裳。

鸟歌塞曲绵绵意，花萎蒿丘隐隐香。

忽见桥头人影乱，匆匆应是上工忙。

题语文教研组画册

驼山窟水越千秋，二秩征程岁月稠。

身许杏坛情脉脉，心安职教意悠悠。

一腔正气传三代，十万班徒立九州。

且把新词翻旧曲，留得画册忆风流。

滨堤闲咏

和风向晚客来闲，草木葱茏碧一川。

灯火万家开次第，清歌几曲舞翩跹。

车如流水接三纵，桥似长龙飞九天。

忽看漠原驰铁甲^①，征程再越谱新篇。

读　史

红尘无奈欲说休，未坐菩提^②鬓已秋。

花落无心逐逝水，愁来有意上高楼。

敢邀明月槎难济，空负屠龙^③愿不酬。

自古英雄惜项羽，乌江亦可再沉舟。

---

① 铁甲：代指火车。

② 菩提：梵文 Bodhi 的音译，佛教用语，指觉悟的境界。

③ 屠龙：屠龙技，出自《庄子·列御寇》，原指技术虽高，但无实用。这
　　里借指高强的本领。

滨堤闲笔

熏风拂面似纱柔，独步黄昏喜静幽。

柳眼初张眉黛浅，华灯齐放彩霓稠。

少年扬臂飞鸢纸^①，老干挥鞭转木猴^②。

且待清明花事起，鹁鸪声里更重游。

过杨贵妃墓

霏霏寒雨柏森森，寂寂青茔掩太真。

丽质倾城何有罪，红颜祸国本无心。

长生殿里千般爱，马嵬坡前一缕魂。

莫怨三郎情义寡，江山毕竟重佳人。

---

① 鸢纸："纸鸢"的倒装，为格律所需，意即风筝。

② 木猴：即陀螺，一种木质的、以鞭驱动旋转的玩具。

杨城秋兴七首

一

水瘦山寒木叶衰，浑原薄暮暗烽台。

烟霞万缕依依去，况味千般楚楚来。

猎猎西风托夙愿，丝丝霜发愧疏才。

中天月半人归晚，已是华灯万户开。

二

蹉跎岁月作云飞，日落杨城暮气催。

四野沉沉苍宇笼，孤祠①寂寂冷松围。

烽台遥忆干戈事，功业常铭社稷碑。

苍发侵颅犹半老，光阴更待奋蹄追。

---

① 孤祠：与下文中提到的"祠堂"，均指位于杨城遗址内的杨家将军祠堂。

三

萋萋古道乱蓬蒿，独上杨城万籁悄。

日带西霞浮远岫，风传边鼓忆前朝。

青川阔水南天尽，紫漠长烟北地遥。

欲饮麟浆谁与共，且斟一盏祭英豪。

四

独坐残垣暮色浓，萧萧木叶乱秋风。

孤祠寂寂松涛里，漠野凄凄晚照中。

三尺讲台空论道，一支秃笔敢屠龙？

如烟往事无寻处，聊赋新词学放翁。

五

驼山窟水眺茫茫，木叶萧萧入大荒。

雁过残垣沉旧事，雨来天际起新伤。

故园脉脉庭前月，疏发斑斑鬓角霜。

霁色寒鸦夕照里，空门向晚锁祠堂。

六

自古秋来易感伤，登高何必在重阳。

胡天落日孤原寂，衰木飞鸦一水长。

残隘无情遗野骨，青碑有幸记忠良。

红尘半百当泊淡，吟就新词品杜康。

七

杨城八月气萧森，磴路千级拜将门。

木刻一联书伟业，金身三座塑忠魂。

松涛阵阵听边鼓，怅绪茫茫寄远岑。

铁马金戈何所处？空余残隘伴黄昏。

别友人作

梦醒长安作旧游，关山万里五十州。

相依陋室驱寒夜，同把舟楫过险流。

兵谏亭前惜蒋总，烽烟台下叹周侯[①]。

迢迢此去鱼书杳，渭水胡天共一秋。

---

① 周侯：周幽王，借周幽王烽火戏诸侯的故事。

自　遣

时光悄共水东流，十万青丝转眼秋。

凿壁^①不觉寒夜冷，弹铗^②难遇破囊羞。

登高怕咏铜台赋^③，把酒常怀燕子楼^④。

忽忆家乡山水好，斜风夕照牧羊牛。

---

① 凿壁：西汉大学问家匡衡凿壁偷光，勤学苦读的历史典故。

② 弹铗："冯谖弹铗"之典故，指人怀才不遇。

③ 铜台赋：三国时曹植所作《铜雀台赋》，表述了一种渴望建功立业的豪
情壮志。

④ "把酒"句，燕子楼为唐贞元年间（785年—805年）重臣武宁军节度
使张音镇守徐州时为爱妾关盼盼所建，因其飞檐挑角，形如飞燕，且
春天南来燕子多栖息于此而得名。燕子楼历经沧桑，几度兴废，由江
苏省徐州市政府于1985年重建。此句意在表述世事沧桑，人事变迁。

王府春光近晚波
閑來信与幸幽情
霧匿曲径亂忙語
志彥岩潭徹鳥与影
孤帆潑廊燈影暗
他鄉月色故鄉明
一弓碎刻當年事
當與他人說漢卿
庚子綠此圖夕冬一首　石嶺書

止园夕吟

王府春光近晚浓，闲来信步享幽清。

露湿曲径乱虫语，花落芳潭欢鸟声。

孤影深廊灯影暗，他乡月色故乡明。

一方碑刻①当年事，留与他人说汉卿。

东堤抒怀

晴川北望入新城，暮色徐徐送暖风。

细柳千枝涂暗翠，肥桃万朵染胭红。

霓虹十里连河汉，新月一钩挂浩空。

更喜炊烟隔岸起，良宵不负与君同。

---

① 碑刻：杨虎城公馆门前的碑文。

毛泽东 123 周年诞辰有作

湘江万里去滔滔，淘尽风流出舜尧。

宋祖唐宗输武略，马恩斯列比文韬。

胸怀华夏开新纪，志纳乾坤埋旧朝。

千古荣衰今日事，复兴坎坷路迢迢。

生日戏吟

四秩光阴若转蓬，霜寒凋木又初冬。

旧惜饥腹熬长夜，今幸平屋沐暖风。

淡酒亲朋千盏乐，萱堂①妻子②一家融。

人生不意十八九，心若宽来山自平。

---

① 萱堂：母亲。

② 妻子：妻子和子女的合称。

三周年祭父

三载依稀一瞬间，西风纸火映冬原。

音容历历南柯里，浊泪戚戚寒枕边。

教诲常遵诚信道，操持每奉俭勤言。

高堂喜坐躬行孝，莫待潸然堆土前。

登神木天台山

奇峰耸峙两川分，峭壁攀缘及顶云。

渺渺黄河惜晚照，萧萧落木怅遥岑。

朱沙洞①里神仙迹，情侣石②前儿女心。

碑塔巍巍追旧事，野芳一束祭忠魂。

---

① 朱沙洞：天台山景点。

② 情侣石：天台山景点。

奖励大会感怀

塞上秋来云宇高，群英盛会势如潮。

处田恳恳播云露，硕果沉沉挂李桃。

三尺讲台凭冷暖，一身正气任逍遥。

为人师表今生事，笑捋白霜染鬓毛。

教师节致职教同仁

逝水浮光不待年，佳期又至问君安。

一腔热血燃烛炬，万缕银丝化茧蚕①。

名利无心星月老，经纶满腹李桃妍。

树人传道千秋计，劳碌今生亦坦然。

---

① 茧蚕："蚕茧"的倒装，为格律所需，意即蚕茧。

故乡行吟

车驰阔野送清风，夏末闲作桑梓行。

绿水无寻惜浅浅，青山有意幸葱葱。

残窑破瓦悲杂草，老树繁枝喜鸟鸣。

九度^①十杯人欲醉，乡情更比酒啤浓。

晨登东山感怀

石阶陡壁耸佛楼，曙色东山凉胜秋。

初日破云霞淡淡，高风送爽野悠悠。

一川琼宇如林立，百驾^②天街若水流。

临顶常怜香火客，功名终付几荒丘。

---

① 九度：啤酒名，这里借指啤酒。

② 百驾：众多的车辆。

乡村闲趣

碧水晴霄两自然，闲来久坐钓瑶潭。

草香过处波千缕，絮柳飞时雪一川。

苍谷悄声鸣翠鸟，清溪恣意润桑田。

莫惜空手须归去，日暮西峰霞满天。

滨堤漫兴

萧萧落木染霜白，气永流年未敢衰。

望尽南天失雁字，吟阑长夜费诗才。

般般往事心头过，缕缕银丝鬓上来。

莫笑多情惜晚照，烟霞万里起瑶台。

闻汶川地震二首

一

蜀水巴山动地哀，阴阳渺渺两徘徊。

徒怜映秀①冤魂荡，忍见芦山②新墓开。

天祸无情一夜降，人间有爱四方来。

复兴路远多磨难，十亿炎黄众志排。

二

遥望穿苍夜色凉，登高不忍忆青江③。

天斜清晓千屋垮，地陷西陲万户伤。

众志一城妖雾散，同舟九域赤旗扬。

寄言北斗垂怜爱，佑我苍生得太康。

---

① 映秀：地处四川省汶川县城南部，与卧龙自然保护区相邻，是阿坝的门户。

② 芦山：汶川地震灾区地名。

③ 青江：指青衣江，流经四川省地震灾区雅安县境，此处代指雅安。

医院陪床杂思

高楼远眺意茫茫，夜半无眠独倚窗。

千盏霓虹妆盛世，万家贫苦挂忧肠。

风寒更漏夹衣冷，情暖娘亲病体康。

唯愿民生皆富裕，安居乐业寿松长。

清明节祭父

冷雨凄凄共我心，荒茔一土祭亡亲。

纸钱明灭山塬寂，孤鹊飞徊云霭沉。

人有百年终作古，花无四季总为春。

音容杳杳无寻处，涕泪归途湿袖襟。

写给 2013 年陕西省中职校
技能大赛神木赛点

柳绿桃红四月风，高朋盛会近清明。

沉沉煤海开襟抱，漫漫黄原展靓容。

养性修德凭立世，强能精技赖安生。

同台比武学相长，窟野①川前捷报重。

大学同学二十年别后母校小聚

杯光交汇喜重逢，别后经年情倍浓。

三载春秋昔照里，二十尘土鬓白中。

人情半百凉和暖，世事一壶浊与清。

把酒促膝怜日晚，回眸已是泪蒙眬。

---

① 窟野：河流名。

卧虎寨①感怀二首

一

晚来雨霁动诗情，柏道清风驰迈腾②。

乱草斑驳寻故垒，残垣败落辨前明。

犹闻北漠驰戎马，忍顾东瀛逞恶凶。

放眼河山夕照里，归辞长诵《满江红》。

---

① 卧虎寨：陕西省神木市解家堡境内的一处明代军事堡垒。

② 迈腾：大众迈腾牌小汽车。

二

重登虎堡意缠绵，萧索秋来几度添。

旷野苍苍天籁寂，高云渺渺雁声寒。

危台独坐思元敬①，荒径幽徊惜左权②。

何日神兵收钓岛③，浪平东海竞渔帆。

西安钟楼感赋

六世沧桑一梦悠，霏霏暮雨上钟楼。

仰遥穹宇皇恩杳，俯近天街紫气稠。

玄武门前血箭冷，春宵帐内粉胸柔。

李唐子弟今何在？瑟瑟乾陵草木秋。

---

① 元敬：明朝抗倭名将戚继光字元敬。

② 左权：湖南人，中国工农红军和八路军高级将领、抗日名将，1942 年 5 月在侵华日军发动的"五一"大扫荡战斗中壮烈牺牲。

③ 钓岛：指钓鱼岛。

咏庭院枣树二首

一

独立中庭品自清，花开如米不如名。

根扎九尺黄泥地，头顶千寻碧海空。

任尔年年交冷暖，由他岁岁替枯荣。

孕成珍果何为似，一片丹心似血红。

二

苍枝骨干立庭前，绿遍白居荫地天。

闭目千般尘噪去，推窗一派碧云添。

素芳不忌梅兰色，丹果常夺桃李颜。

生自寒微君子质，淡泊冷暖驻流年。

感"神舟十号"飞船发射

巨龙振翼再飞天，十亿神州绽笑颜。

自古邦兴蒙主圣，从来民治赖官贤。

科学探索当无止，物欲奢求应有边。

两个百年同一梦，复兴大任众肩担。

校园晨吟

云扶新日浴娇霞，雨后新村风物佳。

杨柳千枝垂碧翠，东堤十里隐烟花。

四千学子齐呼喊，三载寒窗同奋发。

立业成才师长愿，汗泽桃李遍天涯。

西津寺春望

塞上春光四月浓，秦风晋土正清明。

林间燕子鸣花事，墟里人家备垄耕。

水涨天河①潮两岸，日蒸云气雾千重。

拾级更上西津寺，风涌松涛荡古钟。

杨城初春

麟州何处觅春潮？三月杨城云宇高。

野径沙蒿初吐翠，桃枝嫩蕊已开苞。

时闻紫燕鸣新曲，偶见鹁鸪啼旧巢。

放眼河山多壮色，一川窟水去滔滔。

---

① 天河：代指黄河。

沙湖^①记游

洞庭风色塞边收，六月水国凉似秋。

车似蚁爬人似海，云如马走雨如愁。

黄沙漫漫驼行缓，白浪滔滔舫渡悠。

最爱蒹葭颜色俏，萋萋一派绿成畴。

春日农家乐随笔

锦苑山庄别洞天，欲隔喧扰胜桃源。

泓涵漠漠滋心醉，絮柳飞飞拂面沾。

林隐农家闻犬吠，花开溪畔起春烟。

邀来陶令同为客，半日逍遥胜作仙。

---

① 沙湖：宁夏著名旅游景区，是国家首批 AAAAA 级景区。

咏常家沟水库①

塞上风光六月殊，常家沟里有仙湖。

碧泓静卧桑田润，石坝横截水患除。

纵目高台云雨汇，俯腰波底鲤鲢浮。

峥嵘更忆当年事，众志愚公舞铁锄。

悼路遥②

谁将舛运落红尘，绝命英年痛挽君。

身自寒微梅雪质，魂归黄土柏松根。

平凡世界风霜苦，坎坷人生肝胆真。

涕泪潸然湿纸笔，文坛谁与比精神。

---

① 常家沟水库：位于陕西省神木市麻家塔境内，由附近千余名民工修建于20世纪70年代，主要用于灌溉和防洪。

② 路遥：（1949年12月—1992年11月），原名王卫国，陕西省榆林市清涧县人，中国当代著名作家。其作品多为农村题材，代表作有长篇小说《平凡的世界》、中篇小说《人生》等。

海南走笔

莫道春光不驻留，南国十月未觉秋。

遥岑碧翠接穹宇，近海氤氲掩玉楼。

文笔峰前祈大士①，亚龙湾里弄潮头。

天涯处处风光好，云水滔滔一望收。

青海湖印象

关河隔阻梦魂牵，竟日驱驰向雪原。

脉脉有情风吻浪，滔滔无际水托天。

连霄寒碧浑如玉，映日光波恍若仙。

更喜平途通汉藏，文成应悔嫁当年。

① 大士：观音大士，或称观音菩萨。

153

周末闲情

信驾^①随心半日闲，盘龙湾里弄桑田。

乱花近目撩诗意，紫野遥村啼杜鹃。

齐垄秧苗凭吐翠，温棚瓜果任尝鲜。

尘衣土面清流洗，归去蛙声起暮烟。

家居闲吟

纤云淡淡晚风吹，老树枝头燕子飞。

香茗一杯杂绪解，青烟几缕鬓白堆。

萱堂霜发阶前坐，稚子蓬头蝶后追。

物是人非明月夜，椿庭几度梦中回。

---

① 信驾：取自成语"信马由缰"，意为悠闲随意地开着车。

咏神木职教三首

一

暑往寒来岁月稠，献身职教志无休。

国家示范担大任，华夏楷模领雁头。

学好终圆骄子梦，技精敢遂状元求。

能源热土天人利，硕果秋来万库收。

二

内涵发展远清流，革变图新竞上游。

德智理实^①同重要，升学就业共需求。

鹏凌霄汉春雷动，棹济汪洋大浪遒。

两个百年华夏梦，育才十万献麟州。

---

① 理实：职业教育理论实践一体化教学模式。

三

沥血呕心二秩艰，倾情职教聚英贤。

成才自始德为重，就业从来技作先。

校企并肩开大道，集团^①携手谱新篇。

民生国计千秋任，旗展神州百县前^②。

北广场晨色

一园朝气日初升，风软丝肥柳色丰。

露坠高枝惊鸟雀，萝攀朱榭舞蝶蜂。

爷孙挥汗击球羽^③，姑嫂舒腰展靓容。

惜趁光阴勤锻炼，心康体健寿松庚。

---

① 集团：神木能源化工职业教育集团。

② "旗展"句，意指神木跻身全国经济百强县。

③ 球羽："羽球"的倒装，即羽毛球。

夜色滨堤

暮色怡人爽送怀，偕妻漫步上滨台。

银桥似练迢迢去，宝驾如流滚滚来。

玉宇连天千座起，琼花^①隔岸半崖开。

日新月异康庄路，又是十强榜首排^②。

丙申除夕有作

烟花璀璨映蟾宫，竹炮惊雷入五更。

今夜红尘一岁减，明朝白发几丝增？

身微犹念家国事，躯老更牵儿女情。

美酒十杯人欲醉，依稀梦里报鸡鸣。

---

① 琼花：银色的灯火。

② "又是"句，指神木县名列西部百强县第一名和陕西十强县第一名。

夏晚遣怀

煦煦风和暮色柔，滨堤草木绿如流。

杨城远眺云烟淡，残隘遥思岁月稠。

半百浮尘川上水，一腔心事画中楼。

蹉跎恐作冯唐老，唯叹疏疏两鬓秋。

滨河新区西堤吟怀

案牍三尺远诗情，周末得闲步履平。

堤柳依依迎故友，晚风隐隐送秋声。

万家灯火幽思远，半壁清辉霜鬓浓。

谁愿今宵同与醉，开怀对饮到天明。

岁杪感怀

半百蹉跎何所求？豪情委作稻粱谋。

秋霜几缕添苍发，长夜无声照玉钩。

掩卷低吟楚客赋，举杯漫品少陵愁。

凭栏谁解崔君意，不见当年黄鹤楼。

感　事

似水流年何处寻，恍然一梦又逢春。

笙歌袅袅迎新妇，泪眼凄凄送故人。

年少有约空壮志，才疏无力枉初心。

今宵独醉知音少，遥对中天月半轮。

游内蒙古准格尔旗黄河大峡谷二首

一

天水西来气若龙，长峡百里物华丰。

桥悬九索凌危壑，壁立千寻拥翠泓。

小坐农家尝野味，漫摇轻橹起涛声。

归辞已是夕阳晚，更拟来春共作行。

二

神工一斧裂成峡，纵目晴川无际涯。

碧水游轮风煦煦，寒荫繁木鸟喳喳。

悬桥百尺通天堑，峭壁千寻缀野花。

最喜农家勤待客，酥油奶酒话桑麻。

已亥中秋节抒怀

萧萧霁色送清寒，雾隐麟城十里天。
岁序因缘秋又老，芭蕉含泪叶初残。
但悲胸际豪情少，总恨颅头霜发添。
独上高台歌一曲，今宵月满好凭栏。

2019 年终夜留笔

岁尽今宵难入眠，回眸四季杳云烟。
但忧白发侵颅际，却喜娘亲伴榻前。
簧事琐杂多苦乐，故交寥落少书笺。
登高莫待春风起，再壮初心迎鼠年。

庚子正月初十登卧虎寨

山河一派望萧然，二月春风雪未残。

荒径森森人迹少，枯林寂寂鸟声寒。

几丝怅绪生夕照，半壁烽台浮野烟。

铁马金戈无觅处，拾将断瓦忆当年。

登高感新冠肺炎疫情

东岭绵延接九重，千寻高塔四荒风。

孤峰寂寂浮霾雾，万籁戚戚飘野蓬。

心系神州遭肺疫，情牵荆楚感民生。

安得仙子呼黄鹤，一片哀衷寄汉城。

庚子暮春滨堤有笔

日下西峰喧闹销，春风拥我过天桥。

滨堤十里多闲客，垂柳千枝稠碧条。

久坐轩台伤肺疫，长兴国运赖牛刀。

古城四月祥和夜，月共华灯映九霄。

在古意中漫游

梦　野

　　我认识丁中唐先生的时间，可以用"很久"来形容。那时，我们同在教育系统，他是学校的一个主任，我是一个小记者，常随人"潜入"他的校园。

　　我们有时见面，有时不见面。见面的时候，他大多要陪我们吃饭；不见面的时候，我也总能想到他。想到他敦厚身影后悄然的奉献，想到他清澄的眼神里深情的表达，也想到他在沙渠的夜市上，握着酒杯时那逼人的气势。

　　有句话说，杯中乾坤大，壶里日月长。那时候的他那么年轻，朋友相逢能"斗酒"，把友情的刻度，直接具象化，是多么好的事情。不像我，喝不了多少酒，看着他人"大战"的样子，一味地退缩，早早就做了逃兵。

　　酒喝着喝着，它就喝出了浓情，喝出了诗意，而且竟然全是"古"的，这让我相当吃惊。"习习风送爽，郁郁柳丝垂。漠漠平湖上，翩翩燕子飞"。相处这么多年，我当初不知道他是写诗的。他的专业是英语，怎么能和文学挂勾呢？

　　更重要的是，后来我们是本科同学，那么多人，更多地谈的是

165

教书育人。丁中唐心中的文学梦想，是用业余的时间追逐的。我想到了大海，真正的勇猛者，是不轻易浮到水面的。他大概是并不热心发表，也可能是投身教育，愈来愈忙，而不想过早地卷入文学的圈子。

喝着喝着，他的诗性，还是按捺不住了。事情往往就是这样的，最好的药材，不论深藏怎样的大山，总会被人挖出。我也惊讶他诗歌的药草是那样的广阔，遍布神木。不论是城市的，还是乡村的；不论是自然景观，还是历史景观，都在他的眼中，都在他的心里，都在他的笔下。他把神木的古今变化写得那样有情有意。

他的诗歌触角发达，一部分笔墨，漫过故乡，挥毫在陕北。黄土高原因他的诗情，更加俊俏，更显灵性了。在古意中漫游，他吟诵出更多的现实色彩，把陕北的身姿描摹得壮美极了。

太白山有诗："抛笔飞砚入云端，留下千古泼墨痕。"丁中唐的墨痕也有不少，不仅在陕北，还在祖国处处。立意的精准、情感的浓郁、想象的丰富，他呈现给我们的祖国充满生机，是有滋有味的那种，让我们在荣光中体味幸福。

登山、登楼、登峰……登高是古代文人的心性，李白的《望天门山》、杜甫的《望岳》、苏轼的《题西林壁》，不仅是身体的抵达，更是精神的登临，登高诗也因此成为他们一生作品当中的标高。丁中唐登龙眼山，登文笔塔，登八达岭，他不辞劳苦地登过全国的很多的山，更多的时候，他身在校园，作为掌门人，内心的力量，蓬勃中的那种生命之火，和他往昔的游走是分不开的。

但他抒写最多的还是家乡的杨家城，他一次次登临，心灵的撞击一次比一次猛烈。饱含深情中，他写下了这样的句子："而今只见残垣上，一片闲云向晚游。"他诗人的担当，内心的呼告，终于有了回应，杨家城"三地目标"——旅游高地、祭拜圣地、爱国主义教育基地正在建设之中。

他无疑是一个朝拜者，不论疾徐，信念在心中，欢愉地融入自然，像泥土一样呼吸，在静谧中交谈，"恰恰鸟声闻，空山草木欣。登高须缓步，终作顶峰人"。

谁不想作顶峰人呢？我看出了他的心性，奋进中凸显平和，隐忍里深藏力量。"红尘半百当泊淡，吟就新词润杜康"，多么好哇，在古意中漫游，漫游出一种优雅的生活，在历史中回溯，从现实里观照，总能给我们一种提醒。

2020 年 7 月 25 日

梦野，陕西神木人，中国作协会员，全国青创会代表，两届柳青文学奖获得者。